थोड़ी खामोशी थोड़ी मोहब्बत

Evincepub Publishing

Parijat Extension, Bilaspur, Chhattisgarh 495001
First Published By Evincepub Publishing 2021
Copyright © Abhijit Kumar Pathak 2021
All Rights Reserved.

ISBN: 978-93-5446-101-9

थोड़ी ख़ामोशी थोड़ी मोहब्बत

अभिजीत कुमार पाठक

लेखक परिचय

इस कहानी के लेखक अभिजीत कुमार पाठक आठ वर्ष की आयु से लेखन कर रहे हैं। वो भारत के बहुत सारे कविता ओपन माइक में आमंत्रित किये जा चुके हैं। कविता पाठ एवं कहानियों के लिए उन्हें साहित्यिक सम्मेलन एवं कॉलेजों में बुलाया जाता है। इनके कहानियों पर लघु चलचित्र, नाटक इत्यादि बनाया गया है एवं बहुत प्रशंसा किया गया है। ये श्रृंगार रस से लेकर हास्य रस तक लिखने में माहिर हैं। वर्तमान में ये सामाजिक सेवा एवं कॉरपोरेट में संलग्न हैं। इन्होंने MBA, NLP, CLC, DHT, MST, CLM किया है। ये समाज में अपने रचनाओं के द्वारा रचनात्मक संदेश देना चाहते हैं। सोशल मीडिया में इनका नाम प्रसिद्ध है। लेखन कार्य में बहुत बार इन्हे सराहा गया है। इनके कहानियाँ जीवन को परिवर्तित कर नये आयाम की ओर ले जाती हैं। इनके रचनाओं का प्रतिबिंब दिलों पे गहरी छाप छोड़ती है।

अभिजीत कुमार पाठक

Instagram: ajnabifeelings

Facebook: Abhijitkumarpathak,pathakji

poetabhijitkumarpathak@gmail.com

भूमिका

तेजी से बदलती दुनियाँ में और कुछ बदले चाहे न बदले लेकिन रिश्तों की बुनियाद बहुत तेजी से बदल रहे हैं। मोहब्बत के माइने और पैमाने दोनो संतुलन के प्रयास में अपना अस्तित्व खोते नजर आ रहे है। Expressions और Reflection आसान हो गया है मगर बढ़ते Expectations में रिश्तों की बुनियाद ढ़ीली पड़ती नजर आ रही है।

मिथुन राशीवाली आकांक्षा जमाने के साथ–साथ चलने वाली डिजाइनर है। हर नये प्रकृति को रचनात्मकता में जगह देना उसकी विशेषता है। जमाने के साथ–साथ चलती है इसीलिए कामयाबी उसे हर कदम पर इन्तजार करती हुई मिलती है। उसने कभी नाकामयाबी देखी नही बस इसलिए थोड़ा Ego प्रतिबिंबित हो जाता है।

उसकी उम्र 24 साल और तन ऐसा मानो कुदरत ने उसे बनाने के लिए expert Desining कोर्स किया हो। ऐसी मूरत जो कभी धुमिल नही हो सकती। आँखे अल्फाज और होठ लय बनाती। किसी भी बात को सुनना Analysis करना फिर बहुत सुगठित निर्णय देती है। मुस्कराहट ऐसी जो कोई भी बात मनवा ले और अदाएँ आपके अन्दर दूसरे बार मिलने की कसक छोड़ जाये।

मीन राशिवाला अजय अपने मुताबिक जीनेवाला। जमाने की परवाह किये बिना जीने वाला एक एडीटर और लेखक है। दूसरे दुनियाँ में रहने वाला काफी अव्यवहारिक

और काफी Sentimental भी था। जैसा भी था मगर अपने Attitude से उसे प्यार था। वो खुद को नही बदल सकता था इसलिए वो भी थोडा Egoist था। गोरा–चिकना और सबसे बड़ी बात बहुत मासूम दिखता था। चेहरे में हमेशा ख्वाब बनता दिखाई पड़ता था। ऊँचाईयो को पाने की कसक और असंतुलन का भय हौले – हौले अपना प्रतिबिंब छोड़ते रहते थे।

इन दोनों की जान पहचान की कहानी बहुत दिलचस्प है। उतनी ही गहराई में इनकी जिंदगी करवटे लेती है। रिश्ते की नाव तूफानों को झेल–झेल कर लगभग टूट चुकी है। मगर कुदरत का खेल हमेशा अजनबी सा होता है। जिंदगी में रिश्ते लहरों की तरह होते हैं। बार–बार किनारे से टकराते हैं। कभी मंजिल मिलती है और कभी शायद नहीं भी। देखना ये है कि इनकी जिंदगी में कितनी करवटें हैं और किनारा मिलता है या नहीं।

ये कहानी वास्तविकता का आइना है और इसके किसी पात्र में आप खुद को ढूंढ ही लेगें। बहुत बार आपकी आँखे नम होगी। लेकिन अक्सर आप खुशी से मुस्करायेंगे। शायद कुछ सीखेगें और कहीं रिश्तों की दरार के कारण को समझ जायेंगे। एक बात तो तय है इस किताब को पढ़ने के बाद आप बदल जायेंगे। और आपको रिश्तों में छिपे हीरे की रोशनी साफ नजर आयेगी।

कहानी शुरू होती है ....

Film Festival का माहौल है, चारों तरफ हलचल मचा हुआ है। बड़े–बड़े लोग एक दुसरे का अभिवादन कर रहे हैं। इसी कड़ी में प्रसिद्ध डिजाइनर आकांक्षा अपने दोस्त सरोना और मो. अजीज के साथ प्रवेश करती है सभी से मिलकर अभिवादन करती है। इस दौरान उसकी नजर एक कोने में हाथों में जाम लिये हुए अजय के तरफ गिरती है। अपने दोस्तों से इजाजत लेकर आकांक्षा अजय के करीब जाकर कहती है।

आकांक्षा   हाय ....

अजय   (अचानक उसकी ओर मुड़कर थोड़ी हैरानी में) हाय ....

आकांक्षा   कैसे हो ....

अजय   ठीक हूँ............ या शायद मुझे पता नही मैं कैसा हूँ। तुम कैसी हो?

आकांक्षा   I am Fine .... ठीक ही हूँ।

अजय   मै जानता हूँ तुम अच्छी ही होगी। तुम्हें अच्छा रहना आता है।

आकांक्षा   तुम्हारी लिखी हुई फिल्म भी लगी है........ आधी खामोशी आधी महोब्बत...... कब लिखी?

अजय — इस बार मैने लिखा नही मैने जिया है ये कहानी (गंभीर स्वर में)..... खैर छोड़ो तुमने तो बहुत सारे फिल्मों में Costume designed की है।

आकांक्षा — हाँ...... और अब मैं हमेशा – हमेशा के लिए न्यू जर्सी जा रही हूँ Antim Company में काम करूँगी।

अजय — हमेशा – हमेशा के लिए.......

आकांक्षा — हाँ (तभी सरोना उसे बुलाती है) मुझे जाना होगा..... फिर....... (चुप हो जाती है)

अजय — फिर मिल सकते है क्या?............... वही

आकांक्षा — Coffee House में........... हाँ मै आऊँगी। bye

अजय — कल शाम मैं तुम्हारा इन्तजार करूँगा Bye take care

(आकांक्षा गाड़ी में बैठकर अपने घर की ओर चल देती है आज वो काफी खामोश नजर आती है। कोई भी कॉल आता तो मोबाइल बन्द कर देती जैसे वो कोई ख्यालो में खोना चाहती है बस एक धक्के की तलाश है।)

ड्राइवर — मैडम आज साहब को देखा। आपसे मिले क्या?

आकांक्षा   हाँ.........

ड्राइवर   साहब बिल्कुल नहीं बदले। एकदम वैसे के वैसे ही है। कुछ ढूंढ रहे थे मै पास गया तो पहले मुझसे मिले और फिर बोले देखो न मैं अपना चश्मा भूल गया हूँ। मैने कहाँ वो तो आप पहने हुए है।

(आकांक्षा मुस्कराती है और वो भी पुराने यादों में खो जाती है। पहली मुलाकात **Coffee House** की बात याद करती है।)

(आकांक्षा अपने दोस्तो के साथ..... बैठी हुई है वे नये डिजाइनो के बारे **Discuse** कर रहे है कि अचानक एक आवाज टोकती है।)

अजय   Excuse me आप लोगो ने यहाँ कोई चाबी देखी है। दरअसल आप लोगो के आने से पहले मैं यहाँ बैठा हुआ था और मैने अपनी Bike की चाबी खो दी है।

अंजलि   (आकांक्षा की सहेली) नही यहाँ कोई चाबी नहीं है।

अजय   हो सकता है कही नीचे गिर गया हो। जरा देखिए Please खुद भी झुकता है।

आकांक्षा   नही.......... I am sorry यहाँ कोई चाबी नही

है। (अजय जाने लगता है जैसे ही वो जेब में हाथ डालता उसे मिल जाती है)

अजय   Oh no......... sorry मुझे मिल गया। (उछलता हुआ वो बाहर जाने लगता है।)

आकांक्षा   खुश तो ऐसे हो रहा है जैसे "कौन बनेगा करोड़पति" में एक करोड़ जीत गया है। ये लीजिए एक करोड़ की चाबी।

अंजलि   मुझे तो लगता है चाबी एक बहाना था। वो तुझे पूरा ऊपर से नीचे तक देख गया है।

आकांक्षा   what rubbish .... shut up

(दूसरे दिन फिर वही **Coffee House** और वही माहौल। सामने वाली कुर्सी पर अजय अपने दोस्तो के साथ बैठा हुआ है। अजय की नजर बार – बार आकांक्षा पर रूक जाती है। आकांक्षा भी उसे देखती है पर देख कर अनदेखा कर देती है।)

शाहिद   (अजय के दोस्त) और यार कैसा चल रहा है? कुछ नया लिख रहा है या अब भी एहसास करना बाकी है।

अजय   एहसास तो हर पल होता है पर वो एहसास नही होता जिससे कलम चल पड़े। वैसे आसार नजर आते है।

शाहिद   आज का मैच देखा। क्या बैटिंग किया।

(अजय हामी भरने लगता है और चाबो हाथ की उंगलियो में घुमाने लगता है कि अचानक घुमकर चाबी आकांक्षा के मेज की तरफ आ गिरती है। अजय घबराकर उठकर उनके (आकांक्षा) के पास जाता है।)

अजय   Excuse me माफ कीजिएगा मेरी चाबी यहाँ आ कर गिरी है क्या?

अंजलि   शायद कल भी आपकी चाबी खो गयी थी। कही फिर से आपके जेब में तो नही है।

अजय   नही ऐसा नही हो सकता ये टी शर्ट है।

अंजलि   (चुटकी भरते हुए) oh ...... oh...... sorry अच्छा आपकी चाबी बार–बार यही क्यों खोती है। कही यहाँ कुछ पसंद तो नही आ गया न........

अजय   बहुत खूब....... अबकी बार मिले तो ये बात जरूर पू␣छ लूँगा।

शाहिद   अबे इधर आ मिल गया।

अजय   ओ Thank God

आकांक्षा   सूनिये आप उसे पाकेट चेन से बांधकर रख सकते हैं। शायद वो सुरक्षित रह पाये

अजय   (उसकी   ओर   मुस्कराकर)   Good   Idea
              .... Thanks..........

अंजलि   (अजय के जाने बाद) Hey अगर वो चाबी
              उससे अलग होना ही चाहती है तो होने दे
              तुझे क्या प्राब्लम है? हो सकता है वो किसी
              और मंजिल के तलाश में हो। हा..... हा

आकांक्षा   How funny

(तीसरे दिन फिर वही मंजर नजर आता है। अजय
की नजर आकांक्षा की तलाश करती है। ठीक एक
मेज बाद उसे आकांक्षा बातें करते हुए नजर आती
है ।)

(आकांक्षा थोड़ी मायूस अकेली बैठी रहती है। अजय
उसे मायूस देखकर उनकी बातों को गौर से सुनता
है ।)

सोनाली   (आकांक्षा की सहेली) क्या हुआ तुझे वो नया
              Contact मिला की नही? उसमें तो बहुत बड़ा
              बजट है न?

आकांक्षा   अरे नही यार....... उसके लिए मुझे Balaji
              Group के मी. मोदीजी का Contact चाहिए।
              वो मैं कैसे पा सकती हूँ।

(अजय ये सब बात सून रहा था उसने जोर–जोर से आकांक्षा को सुनाते हुए कहने लगा)

आकांक्षा अरे यार मी. मोदी तो अन्धेरी के जूहूँ स्कीम में रहते हैं। उनका Contact No चाहिए तो.......... लिख लो............

शाहिद अबे लेकिन हम क्यों लिखें। और ये क्या बोल रहा है। कौन मी. मोदी?

अजय अबे बस लिख 93.................ठीक से मिला लेना। (मोबाईल नं. बता देता है।)

(आकांक्षा ये बात सुन लेती है वो पहले सुनते हुए लिखती है फिर अजय के तरफ देखती है और दोनो की नजर फिर एक बार टकराती है। आकांक्षा हल्का सा मुस्करा देती है। इस तरह कुछ अरसे बाद।)

(एक दिन आकांक्षा अकेले अपने दोस्तो का इन्तजार करती है और अजय अपने दोस्तो से बाते कर रहा होता है। अजय आकांक्षा को अकले देखकर उठकर उसके पास जाकर कहता है।)

अजय Excuse me

आकांक्षा फिर कुछ यहाँ खो गया है

अजय हाँ......... नही........... Actually........... हाँ मेरी चाबी खो गई है।

अंजलि　　आपकी चाबी........ या बाईक की चाबी...........
　　　　वैसा हमेशा यहीं क्यों खो जाती है

रंजीत　　(अजय का दोस्त) आप भी हमेशा वहीं क्यो
　　　　बैठती हैं?

अजय　　Ranjeet Pls .... let me talk ....
　　　　देखिए देखिए

अंजलि　　चाबी तो एक बहाना है .... इनको दरअसल
　　　　आप से बातें करना है।

रंजीत　　हाँ और आपको चुप रहना है।

अंजलि　　How funny .... अच्छा आकांक्षा　मैं चलती
　　　　हूँ। (अंजलि चली जाती है)

आकांक्षा　हाँ वो फोन नं. के लिए Thankyou

अजय　　Thank you कैसा ?　its ok एक बात कहूँ
　　　　दरअसल मैं आपसे बात करना चाहता था।
　　　　आज मेरी कोई चाबी खोयी नही है।

आकांक्षा　मुझे पता है क्योंकि आप आज बाइक नहीं लाये
　　　　है। आप तो अपने दोस्त के कार में आये।

अजय　　(मुस्कराकर) चलिए आपकी नजर ने हमारी
　　　　कदर की, धन्यवाद ।

(दोनो बातें करने लगते है और बस स्टाप पर, कभी **Coffee House** में इन्तजार का सिलसिला होने लगता है। फिर शिकवो गिलो का दौर मोहब्बत की रंग बिखेरना लगता है।)

(एक बार आकांक्षा अजय से नाराज हो जाती है और उसका फोन तक रिसीव नही करतो। यहाँ तक कि **Coffee House** में भी आना बंद कर देती है। फिर क्या था दूसरे दिन अजय खुद एक लड़की बनकर उनके ऑफिस जाता है और अपने लिए डिजाइनर कपड़े बनाने को कहता है। अपने **Concept** को आकांक्षा को समझाने लगता है।)

अजय   देखिए वो ड्रेस बिल्कुल खुल्लम खुल्ला हो। हवा आये तो आये फिर जाये नही। जाये तो जाये फिर आये नही।

आकांक्षा   मैडम **Wind Cheater** की तरह होना चाहिए

अजय   नहीं मै किसी को cheat नही कर सकती। जो भी उस ड्रेस को देखे वो जल जाये।

आकांक्षा   बिल्कुल मैडम मैं इससे भी ज्यादा अच्छी बनाऊँगी कि लोग कभी ऐसी **Design** देखे नही होंगे।

अजय   Excuse me फिर फायदा ही क्या जब ऐसी ड्रेस देखी ही नही और हो सकता देखना भी न चाहे। ड्रेस बस ड्रेस जैसी होनी चाहिए । यहाँ Privacy हो यहाँ........................ हो यहाँ कुछ हो यहाँ कुछ न हो।

इस तरह से बहुत देर अजय आकांक्षा को पकाता है। अंत में आकांक्षा तंग आकर पूछती है।

आकांक्षा   तो आप चाहती क्या है?

अजय   थोड़ी सी माफी और आज शाम Coffee (अपना मेकअप उठा देती है)

आकांक्षा   (दिखावटी गुस्से में) Shut up .... get lost (फिर मुस्कराती है)

सरोना   (हाय राम आकांक्षा का Boy friend अजय तो एक gay है।)

अजय   Gay my (गे– माई) .... माई गे

(दोनो फिर एक दूसरे का हाथ पकडकर Nariman point के समुद्र के किनारे पर बैठते है। हाथों में हाथ लिये समुद्र की लहरें उनके प्यार की समाँ बांध रही होती है।)

आकांक्षा बहुत थोड़े समय में हम बहुत करीब आ गये। ऐसा लगता है जैसे We are made for each other.

अजय हाँ हममें कुछ Basic similarities है जैसे हमारे जज्बात।

आकांक्षा और हाँ ये छोटा सा नाक पर तिल।

अजय हाँ ये Self respect की पहचान होती है।

आकांक्षा हमने एक दूसरे को बहुत करीब से जान लिया है। एक दूसरे को अच्छी तरह पहचानते है।

अजय इतना तो जान ही गये है कि हममे से कोई Mentally Retarded नही है। लेकिन दोनो Mental है (दोनो एक साथ कहते है)

आकांक्षा कब तक हम बिना नाम इस रिश्ते को बनाये रखें। हमेशा दिल में डर रहता है कि यहाँ की Police कब क्या पूछ ले। पता है Last Saturday जब मै तुम्हारा इंतजार कर रही थी तो एक लड़का आकर पूछता कितना लोगी? मैने कहा बस तुम्हारी जान से काम चलेगा।

अजय अच्छा तो कह देना था मैं पूरी जिंदगी के लिए

Booked हूँ।

आकांक्षा Just shut up.............

अजय मैं भी चाहता हूँ कि अब हम जल्दी शादी कर ले लेकिन You know मैं अभी Struggle ही कर रहा हूँ। और एक writer की जिंदगी हमेशा ऐसी ही होती है।

आकांक्षा तो क्या हुआ? मैं भी struggle ही कर रही हूँ पूरी जिंदगी struggle ही होती और फिर दोनो मिलकर struggle करेंगे शायद मंजिल पाना आसान हो जाए और न मिले तो क्या? तुम तो मिल ही गये।

अजय Writer के सौबत का असर होने लगा इससे पहले की दोनो गालिब बन जाए शादी कर लेते हैं। ये रिश्ता मुझे दिल से कुबूल है।

आकांक्षा मुझे तुम्हारा दिल कुबुल है।

(अजय अपने दोस्तो के साथ एक रूम share कर रहते है। अजय के साथ है रंजीत और शैलेष आकांक्षा उनके घर आती है)

रंजीत (दरवाजा खोलता है) आइए आइए आकांक्षा जी तो अब भाभी कह सकता हूँ।

आकांक्षा अभी भी एक हफ्ता बाकी है तब तो Spinster रहने दीजिए

रंजीत जैसी आपकी मर्जी भाभी sorry आकांक्षा भाभी। वो छोड़िए बस बैठिए मेरे दोस्त की होने वाली सरीके हयात

अजय (अंदर से आता है) आओ बैठो

रंजीत ओ हो ये Bachelor के घर तो चिड़ियो की तरह होता है कभी अगर साफ लगे तो किसी अनहोनी का शक होने लगता है। वैसे आकांक्षा तुम भी तो अपने दोस्तो के साथ रहती हो न?

आकांक्षा हाँ मेरे पापा मम्मी दिल्ली में रहते है।

रंजीत तो शादी के बाद कहाँ रहोगी?

अजय कहाँ मतलब यहीं हम लोग के साथ। (आकांक्षा मुस्कराती है)

रंजीत हाँ हाँ उस कोने में मैं, वहाँ शैलेष इधर तू और बीच में आकांक्षा   पूरा solar system लगेगा। सुबह सुबह बाथरूम के लिए लाइन लगाना होगा और गंदे मोजे के सुगन्ध में समॉ रूमानी हो जायेगा। क्यो पसंद आया आकांक्षा? पागल हो गया क्या? अजय   तू अब bachelor नहीं रहेगा। शादी शुदा होने जा रहा है। वो जिंदगी बहुत अलग होती है यार अपनी personal life होगी जो सबके साथ share नही हो सकती।

आकांक्षा (Clap करती है) वाह रंजीत बहुत समझदार हो। पहले Experience हो चुका है क्या?

रंजीत नही बस अजय के ही script के कुछ Dialogue याद थे बोल दिया ।

अजय लेकिन यार मैने ही लिखा और मुझे एहसास नही तो इसका solution क्या है। (तभी शैलेष वहाँ आता है)

शैलेश Solution मिल गया है बस आप अपने घर बसाने की तैयारी कीजिए। Hi आकांक्षा

अजय क्या है solution

शैलेश   मैने तुम दोनो के लिए 1BHK देख लिया है। बात भी हो गयी है किराया सिर्फ 5000 / रूपये और Deposit मैंने भर दिया तू मुझे बाद में return कर देना।

अजय   Thank you यार

रंजीत   अबे ये हम दोनो का आइडिया था।

आकांक्षा   दोनो ने मिलकर हमें हटाने की साजिश की।

रंजीत   हा.... हा... बुरा तो लगता पर यही हकीकत है। सभी दोस्ती यारी को भुलाकर अपने–अपने हमसफर के साथ आशियाना बनाना पड़ता है। (आँखो में आँसू)।

आकांक्षा   एक writer ने पूरा घर को emotion बना दिया (आँखों में आँसू) बहुत filmy लगता है।

अजय   I Proud of my characters

शैलेश   फिर Tension हो गया। अबे तू ही किया। 500 रू. ला पीना होगा अब ये नशा तेरी शादी तक रंग दिखायेगा।

(शादी का माहौल है। सभी पार्टी में शामिल है। आकांक्षा के मम्मी पापा आये हुए हैं। अजय के साथ सिर्फ उसके दोस्त है)

अंजलि   ये लिजिए अजय साहब आपका गिफ्ट खोलकर देखिए इसे आप हमेशा ढूंढते हैं।

अजय   अच्छा देखे। (हा हा) ये चाबी अब तो चाबी को भी मंजिल मिल गयी।

अंजलि   मुझे तो पहले से ही मालूम था चाबी को मंजिल मिल जायेगी

अजय   Thank you

रंजीत   भाभी आपकी दोस्त को सस्ते में निपटाने की आदत है Coffee House में coffee के पैसे भी आप ही देती थी

अंजलि   Oh तो मै तो भूल ही गयी कोई भी अच्छे काम में मिर्ची का छोंका बहुत जरूरी है। इससे नजर नहीं लगती।

रंजीत   आँखों से इस मिर्च को लगा ले तो और अच्छी लगेगी

अजय   अबे Stop Please फिर दोनो शुरू हो गये।

श्वेता	वैसे Dude आप क्या लाये अपने दोस्त के लिए
रंजीत	हम तो चाबी लाये है जिससे ताला खुलता है और जंग नही लगता आइए आपको दिखाता हूँ Please see (condom दिखाता है)
श्वेता	Stupid .... nonsense

(श्वेता और अंजलि आकांक्षा के साथ वहाँ से चली जाती है। रंजीत, शैलेष सभी जोर जोर से हँसने लगते है)

रंजीत	अपनी शादी में हमें जरूर बुलाइएगा हमे ये ही तोफा लाने की आदत है सुरक्षित और स्वास्थ वर्धक............... हा हा

(सुहाग रात के बिस्तर पर आकांक्षा और अजय बाहो में बाहे डालकर सोये हुए ह। मध्यम–मध्यम रौशनी आ रही है)

आकांक्षा	Dear एक बात पूछुं तुम्हारे पापा क्यों नहीं आये ?
अजय	Actually उनसे मेरी बनती नही। वो बहुत खुदगर्ज इन्सान है। मम्मी के Death के बाद दूसरी शादी कर ली। वैसे मम्मी से उनकी

जमती नही थी। आज भी इंसान को Asset नही liabilty समझते हैं।

आकांक्षा Sorry .... रहने दो .... हमारी रात तो Asset है और तुम सबसे कीमती Asset

अजय तो थोडा Use कर ले।

(लाईट आफ हो जाती है)

(श्वेता, सिमरन के साथ आकांक्षा के घर पहुंचती है। बहुत बार **call bell** बजाने के बाद आकांक्षा दरवाजा खोलती है)

श्वेता ये लो शादी के दो साल से भी ज्यादा हो गया लेकिन नींद ऐसी मानो कल ही सुहागरात हुई हो। .... उठिये।

आकांक्षा हाँ बस उठ ही गयी थी

अजय हाय .... श्वेता हाय सिमरन (दोनो भी हाय करते है)

श्वेता अजय शादी के बाद तुम थोड़े मोटे हो गये हो

अजय क्यो ये ओहदा सिर्फ आप ही रखेगी हमें आप से competition करना है।

श्वेता वो तो तब ही हो पायेंगे जब आकांक्षा के बदले आप Pregnant हो। और आजकल ये

हो सकता हैं।

अजय तुमसे रंजीत ही जीत पायेगा। हार गया

सिमरन वैसे आकांक्षा क्या इरादा है बच्चे के सिलसिले में या कही surprise तो नही देगी।

आकांक्षा नही............. अभी वैसी कोई Planning नही........ और दो तीन साल

श्वेता वो सब छोड़......... जल्दी तैयार हो जा आज Pentagaon से फोन आया था अमेरिका की Denim client के साथ Project meeting है किसी भी तरह से हमे................. करना होगा।

आकांक्षा कौन आ रहा है।

(कम्पनी के एक चेम्बर में सिर्फ **Projector** चल रहा है और चारो ओर लोग बैठे हुए हैं। **Denim** कम्पनी के चार **Purchasing advisor** देख रहे हैं। कम्पनी ने **project** को समझाने का काम आकांक्षा का दिया है। आकांक्षा देरी से पहुँच ती है।)

मैनेजर Hey .... you are so late .... they are waiting come make fast .... this is not tolerable

आकांक्षा Sorry sir (श्वेता के साथ) Presentation room में पहुँचती है। श्वेता बैठ जाती है। Hi।

am nafisa

पहला   we are no more intesested to know your
purcha   name. please introduce your product we
ge   are already late
advisor

आकांक्षा As you like sir (पूरा व्याख्या करती है)

(चारो **Purchasing advisor** बहुत खुश हो जाते ह। उनमें से एक **clap** करता है सभी साथ देते है। परन्तु अभी भी आकांक्षा किसी को भी देख नही पाती)

राड्रिक्स Ok we can make this deal आकांक्षा you have potential but you need Polishing so you be better (सभी रूम से Congrats करते हुए निकलते है)

(उन्ही चारो में से एक है सावन सिंघानिया .... आकांक्षा का कालेज मेट। सभी के जाने के बाद वो आकांक्षा के पास आता है।)

सावन   हाय .... आकांक्षा

(आकांक्षा अचानक से चौंक जाती है श्वेता लाइट ऑन करती है।)

आकांक्षा (गौर से देखकर) तुम हाय what a surprise

सावन   How are you

आकांक्षा   Fine तुम बहुत बदल गये पहचान ही नही आ रहे। you idiot

सावन   तुम भी बिल्कुल मोटी हो गयी हो। कहाँ पहले Moriata जैसी दुबली थी।

श्वेता   (अचानक आती है) excuse me ये कोई नही.. ये हमारी आकांक्षा है और .... ये फिर से चाबी कैसा आ गया।

आकांक्षा   नही श्वेता ये मेरा कॉलेज का classmate सावन है। वहाँ मुझे सभी Famous Model Moriata के नाम से जानते थे और इसे Menick हम दोनो के बीच बहुत competition था bye the way ये है मेरी Office और friend श्वेता

सावन   हाय पता है श्वेता आकांक्षा ने एक ऐसी jacket design की थी जिसे पहनने के बाद अगर किसी लड़की को लड़का छेड़छाड़ करे तो shock लगता था।

आकांक्षा   हाँ और उसका Demo हमने सावन पर आजमाया था क्योकि इसे छेड़छाड़ की पुरानी आदत थी।

श्वेता   अरे वो jacket की जरूरत तो मुझे है अपने boy friend से पीछा छुड़ाने के लिए। बहुत चिपकता है दिवाना।

सावन   By the way.......... अभी तो मै Formalities पूरी करने जा रहा हूँ। शायद शाम को coffee पर मिल सकते हैं। तुम आओगी आकांक्षा।

आकांक्षा   हाँ why not मैं आ जाऊँगी।

(सावन वहाँ से चला जाता है आकांक्षा फिर अकेले में फोन करती है अजय Mobile देर से receive करता है।)

आकांक्षा   Hello....... फोन क्यो नही उठा रहे थे कब से Try कर रही हूँ।

अजय   Actually एक Producer के साथ बैठा हुआ था। पता है उन्हे मेरी कहानी बहुत पंसद आयी वो सीरियल के लिए मान गये।

आकांक्षा   Good जानू। मेरा भी Deal Final हो गया। पहले तो लेट हो गया तो Boss बस छुट्टी ही करने वाले थे मगर आकांक्षा सिकन्दर है।

अजय   माफ करना सिकन्दर लड़का था हाँ तुम सिकन्दर की पत्नी होने के नाते गुमान कर

सकती हो।

आकांक्षा वैसे एक बात है आज मेरा पुराना collagemate मिला और वही Purchasing advisor था मैं उससे मिलने coffee house में जा रही हूँ। रात को तुम वही आ जाना।

अजय थोड़ी लेट होगा .... bye आ जाऊँगा।

(काफी हाउस के कोने पर दोनो (आकांक्षा और सावन) बैठे अपने पुराने दिनों को याद करते है)

सावन आकांक्षा तुम्हे याद है Ramp Show के दौरान जब एक शूट गायब हो गया था तो तुमने पुरानी किसी ड्रेस पर दस मिनट में ऐसी डिजाइनिंग की कि उस ड्रेस को 1st prise मिला।

आकांक्षा हाँ वो तो बाद में पता चला कि दरअसल वो Drama के किसी Actrass का ड्रेस था। हमारे चलते वो character ही चेंज हो गया। हाँ हाँ

सावन तुमने कहा था जब तक तुम Adon smith के studio में dress deisgn नही करोगी तब तक कोई बंधन में नही बंधोगी............ और मुझे यकीन है बहुत जल्द तुम अपने Promise को सच कर दिखाओगी।

आकांक्षा वो टूट गया I am married

सावन　　What oh oh god nice कौन है वो fashion designer

आकांक्षा　　नही वो एक writer है a script writer

सावन　　चलो बढ़िया है……. कपड़ो में intellechating भी झाका करेगी। कौन सी book लिखी?

आकांक्षा　　नही वो…………. media writer है।

सावन　　Great यार ……….. इतनी बड़ी बाजी मार ली कौन सी फिल्म लिखी है?

आकांक्षा　　नही वो सीरियल लिखते हैं। serial script writer

सावन　　बढ़िया आजकल तो वो भी बहुत अच्छा profession है कौन सा सीरियल Star Plus या Zee Tv के साथ ?

आकांक्षा　　नही Pogo के साथ………………serial writer है। उनकी एक serial बच्चों में बहुत famous है बन्दर के हाथो में अदरक कहानी तो उन्होने बड़ो के लिए फिल्म लिखी थी लेकिन बड़ो ने समझा नही इसलिए बच्चो की कहानी बन गयी। ऐसे वो बहुत अच्छी कहानी लिखते हैं।

सावन　　its ok काम तो आखिर काम होता है खैर तुम बहुत उपर पहुँच गयी हो Mumbai से

Pantaoan की product designer

आकांक्षा नही किसने कहा मै तो marketing Trainee हूँ। मैडम Scotland गयी है इसलिए मेने presentation दिया लेकिन इस contract के बाद मैं मैनेजर बन जाऊँगी सर ने कहा।

सावन वो सब ठीक है। तुम्हारी जिंदगी तुम्हारे फैसले जैसा ही होता है। कालेज Life में सभी ख्वाब देखते है लेकिन बहुत कम लोग इसे पूरा करते हैं क्योकि इसे पुरा करने के लिए कोई भी compromise गवांरा होना चाहिए।

(आकांक्षा उदास हो जाती है तभी अजय वहाँ आता है)

आकांक्षा हाँ अजय ये मेरा दोस्त सावन जिसके बारे में मैने तुमसे कहा था

अजय हाय सावन u look great किसी भी character को प्रभावित कर सकते है।

सावन Writer की भाषा मेरे समझ के परे है अजय (सही कहा आकांक्षा बन्दर के हाथ में अदरक)

अच्छा में चलता हूँ कल सुबह मेरी meeting है फिर मिलेंगे।

अजय तुम्हारी coffee अधुरी रह गयी।

सावन   अधुरा रखने से सिलसिला बना रहेगा। किसी दिन पूरी भी होगी।

अजय   Good word

(आकांक्षा अजय के बाईक में बैठकर घर जा रही होती है और उसके दिमाग में सावन की बाते चलती रहती है।)

Back   तुम्हारी जिंदगी तुम्हारा फैसले जैसा ही होता
voice   है। कालेज Life में सभी ख्वाब देखते हैं, लेकिन बहुत कम लोग उसे पूरा कर पाते हैं क्योकि पूरा करने के लिए कोई compromise गंवारा होना चाहिए........................ तुम्हारी जिंदगी ....

(अजय बाईक रोकता है। ब्रेक लगने के कारण आकांक्षा भाव सागर से उठ जाती है।)

अजय   क्या बात है आकांक्षा? तुम कुछ कह क्यों नही रही। फिल्म देखने चले। .... या नही .....

आकांक्षा   तुम्हारी मर्जी

अजय   चलो चलते है।

(दोनो फिल्म देखते है। थोड़ी देर में आकांक्षा

बाहर आ जाती है। अजय भी उसके पीछे बाहर निकल जाता है)

अजय   क्या बात है Dear? तुम बाहर चली आई। Any Problem ………. अगर तुम चाहो तो कह सकती हो …………… शायद तुम्हारा Help कर सकू ……. Any Problem

आकांक्षा   अजय क्या आज मै वहाँ नही हूँ जहाँ मुझे होना चाहिए? ….. मतलब मैं सिर्फ एक Marketing Trainee हूँ मै अपने कालेज मे सबसे आगे थी मुझसे पीछे वाले दोस्त काफी ऊपर पहुँच गये और मैं वहीं हूँ …………… मेरे कारण company को project मिलती है लेकिन Reward कोई और लेता है क्योकि मै सिर्फ Marketing Trainee हूँ ऐसा रहा तो मै अपने मंजिल तक कभी नही पहुँच पाऊँगी…… ये जिंदगी कम पड़ जायेगी ……… Tell me .

अजय   Yeah ………….. सोचने वाली बात है। लेकिन तुम वहाँ भी नहीं हो जहाँ तुम्हें नही होना चाहिए। मंजिल के करीब न सही मंजिल के रास्ते पर तो हो। क्या ये कम नही? रास्ते की छोटी–छोटी खुशियाँ नही? रास्ते की छोटी–छोटी खुशियाँ भी बटोरे चल रही हो। क्या ये कम नही? जिंदगी की Planning क्या होती है और हमारी क्या हैसियत है ………. जब हम खुद नही जानते ये जिंदगी कब तक है…..

आज तक तुम Marketing Trainee कल तुम Manager बनोगी तुमने जो हासिल किया अपने creativity के दम पर............. इसलिए तुम आकांक्षा हो........... आकांक्षा........ इतना काफी है कि शोले का भी डॉयलाग बोल दूँ।

आकांक्षा   (आँखो में आँसू के साथ) नही .... बस सिकन्दर की वाइफ के लिए ये काफी है my sikander proud of you .... my writer

अजय   आकांक्षा छोटे–छोटे झोंको से मगर डगमगा जाओगी तो तूफान से कैसे सामना करोगी ?

आकांक्षा   सिकन्दर है न .... ये मजबूत बॉहे .... बस इनसे लिपट जाउंगी।

(बादल गरजता है और बारिश होन लगती है ....)

(रंजीत, शैलेष और अजय घर में चाय पीते हुए बाते कर रहे होते है। तभी आकांक्षा अन्दर आती है।)

रंजीत,   नमस्ते भाभी, How are you?
शैलेष

आकांक्षा   वाह.............. इतने दिनों बाद हमारी याद कैसे आयी। बिल्कुल माइके की तरह हो गये थे रंजीत .... शादी करवा दिया फिर कोई खबर नही।

शैलेष अजी भाभी ये अपनी शादी की तैयारी कर रहे हैं?

आकांक्षा अच्छा तो कौन है जो मिर्च अपनी आँखों में लगाना चाहता है ?

शैलेष वही जिसने कहा था............ अंजलि

आकांक्षा उसने तो कभी बताया नही ....

रंजीत दरअसल कल ही decide किया। बातें तो होने ही लगी थी।

शैलेष बहुत मीठी है थोड़ा मिर्चा लग जायेगा।

अजय ठीक से सोच लेना .... आग और पानी के मिलाप में आग ही बुझता है पानी की जीत होती है।

रंजीत वैसे भी शादी तो आग ही बुझाने के लिए होती है।

आकांक्षा हूँ .... हूँ ..... नही सुधरोगे रंजीत

शैलेष आपका काम कैसा चल रहा है।

आकांक्षा बस थोड़ा काम बढ़ गया है .... मेरे एक पुराने दोस्त सावन के साथ project कर रही हूँ। बहुत बड़ा है। Oh sorry अजय तुम्हें

बताना भूल गयी थी कल ही sanction हुआ है।

अजय Its ok तुम्हारे Professional life को Persnol life को report देने की जरूरत नही। बस कभी कभी हमें भी वक्त दिया कीजिए।

रंजीत कम से कम Night shift तो मिलना चाहिए

आकांक्षा Shut up............. नही सुधरोगे। अभी भी वक्त है Morning show देखना छोड़ दो।

शैलेष कहा भाभी ये तो पहला शख्स है जो Morning show की advance booking रखता है..... वो कौन सी फिल्म .... कातिल जवानी

आकांक्षा मैं चाय लेकर आती हूँ ......

अजय पता नही रंजीत शादी के बाद क्या करेगा ?

रंजीत शादी के बाद वो फिल्में देखूँगा नही खुद बनाउंगा।

अजय कमिना ....

(अजय सुन फिल्म हाउस के प्रोड्यूसर मानिक लाल से बात करता है। मानिक लाल पहले कहानी पढ़ते है।)

मानिक	देखिए .... आपकी कहानी अच्छी है मगर Market के लायक नही है market में थोड़ा Sex, money और रूतबा माँगता है।
अजय	बिल्कुल सर ये तो जिंदगी के अंग है। ये तो मेरे कहानी में भी है।
मानिक	नही .... मतलब इतना होना चाहिए की heroin को हम ठीक से expose कर सके वही बिकता है। Story कौन देखता है।
अजय	ऐसी बात नही है आप जैसे दिखाएंगे वैसा दर्शक देखेंगे। वो खुद तो बना नही सकते नही तो बता देते कि आज भी वो intellichal फिल्म पसंद करते हैं। वासना रूपी चाहतों के लिए भी अलग फिल्म आते हैं वो विदेशों की जिम्मेदारी है।
मानिक	फिर भी........ देखिए आप बहुत बार कोशिश किये हैं इसलिए मैं script रख सकता हूँ लेकिन थोडे change लाऊँगा।

जैसे हीरो का पहले कुछ नाजायज संबंध होगे। हीरोईन तंग आकर हीरो के दोस्त के साथ भाग जायेगी।

अजय	समझ गया In short आप मेरे कहानी का तंचम करेंगे। मेरे कला की अस्मत का सौदा

करेगे और समाज से कहेंगे यही साहित्य है इसे देखो यहीं तुम्हारी जिंदगी है मगर नही है तो हो जायेगी या बना लो। जबकि हकीकत ये है कि उनकी कहानी तो काफी सभ्य होती... ...... आपकी वइया कोठे की तरह होती है आप है इस कहानी के हकीकत .... नंगा और झूठा

(दरवाजा बंद कर चला जाता है)

मानिक बेचारा .... वैज्ञानिकों की तरह बन कर रह जायेगा .... लोग इसे तब समझेगे जब जिंदगी इसे छोड़ देगी।

(आकांक्षा अपने घर में सावन के साथ कम्प्यूटर पर काम कर रही है।)

सावन आकांक्षा तुम्हे 1 BHK में घुटन नहीं लगता Means ये तो बड़ा ही है फिर भी तुम्हारे पापा का दिल्ली वाला घर काफी बड़ा है।

आकांक्षा वो पापा का घर है और ये मेरा .... दो लोगो के लिए काफी जगह है।

सावन नही वो तो ठीक है मगर मान लो कोई मेहमान आ जाएँ तो अपना life पूरा disturb हो जायेगा .... और फिर तुम्हारा काम .... फिर अरमान

आकांक्षा   (सोचने लगती है) you are right .... पर क्या करूँ

सावन   तुम्हारे Hasband की क्या income है। 40000, 50000 what

आकांक्षा   25000 वो भी कभी कभी नही मिलता

सावन   इसका मतलब घर का खर्चा तुम्हारे दम पर चलता है। you are so Sool how lucky that fellow .... प्यार भी मिला और पैसा भी।

(रात में बिस्तर पर आकांक्षा और अजय बाते करते ह।)

आकांक्षा   जानू .... तुम्हारी कहानी का क्या हुआ? मानिक ने क्या कहा ?

अजय   कहते है end बदल दो।

आकांक्षा   तो क्या दिक्कत है .... बदले दो तुम्हें उनके साथ काम करने का मौका तो मिलेगा।

अजय   अरे ये मेरी वर्षों की मेहनत है एक Theme है। Theme बदल दूँ।

आकांक्षा   कहानी तो तुम दूसरी भी लिख सकते हो।

अजय   Just shut up ये कोई खिलौना नहीं कि दूसरा खरीद ले साहित्य है।

आकांक्षा   ऐसी साहित्य का क्या फायदा जिससे शौहरत तो दूर पैसे भी न मिले। कागज के ढेर बनकर रह जाओगे।

अजय   मुझे पैसे की कोई जरूरत नही है तुम्हे जरूरत है तो तुम घर को दफ्तर बना डालो। सारे दुनियाँ को यहाँ बुला दों।

आकांक्षा   ओ तो सावन का आना तुम्हे बुरा लगा। वो मेरी मदद कर रहा है ताकि मुझे 10 लाख का project मिल सके।

अजय   मुझे उन पैसों की जरूरत नही मैं simple जिंदगी जी सकता हूँ और खुश रह सकता हूँ।

आकांक्षा   अपना खर्च निकालने से जिंदगी नही कटती। परिवार है हम आज दो है कल चार होगे.......... उनके खर्च उनके अरमान ....

अजय   उतना मैं कमा ही लेता हूँ। काफी लोग सिर्फ 10,000 में अपना परिवार चलाते हैं। और उनके बच्चे भी अच्छा करते हैं।

आकांक्षा   मैं वैसी जिंदगी नहीं जी सकती। मैं अपने बच्चों को वैसा Struggle करने नही दूंगी।

अजय   Sorry आकांक्षा .... पर मैने तुम्हे शादी से पहले ही कहा एक writer की जिंदगी में बहुत Struggle होती है।

आकांक्षा   होती नही .... तुम वैसी जिंदगी जीना

चाहते हो .... but I do want

अजय   तुम्हे पूरी आजादी .... तुम कभी भी ऐसी जिंदगी से दूर जा सकती हो ...... पर मुझे घर में शांती चाहिए .... दफ्तर नही।

सुबह सुबह अजय बिस्तर पर लेटा हुआ है। मोबाइल बजने लगता है मोबाइल से आकांक्षा की आवाज आती है।

आकांक्षा   Hello मैने अलमारी की चाबी मेज पे रख दी है। तुम सोये थे, ये बताना भूल गयी। हाँ मेरे कुछ पेपर होंगे उन्हे मैं बाद में ले जाऊँगी........ अब तुम्हारा घर दफ्तर नही होगा................... सिर्फ शांति होगी ....

अजय   ..... (चुपचाप सूनता है) ..... बहुत जल्दबाजी की तुमने........ फैसला करने में........

आकांक्षा   मुझे तो लगता है बहुत देर हो गई.........ये मुझे पहले सोचना था खैर कोई बात नही Bye TC

(आकांक्षा सावन के घर में बैठे coffee पीती है)

सावन   पता नही तुमने ठीक किया या गलत? .... हाँ लेकिन तुमने जब फैसला लिया है तो गलत नही हो सकता? you know yourombihanix .... always right

आकांक्षा   हाँ .... ये कदम मुझे पहले ही लेना था।

अब शायद उसे एहसास हो जाये अपने जिम्मेदारियों का।

सावन हाँ और एक बात है अब तुम अपने project पर पूरा concentrate कर सकती हो और मैं तुम्हारी पूरी मदद करूंगा अगर तुम चाहो तो यहीं रह सकती हो।

आकांक्षा No thanks मैने अपना छोटा सा फ्लैट ले लिया है पहले मै वही रहती थी colaba में है। अंटी का फ्लैट है।

सावन Ok Fine लेकिन project तो हम ऑफिस के बाद यहाँ पूरा कर सकते हैं if you don't have any problem

आकांक्षा Yes I don't वैसे भी जब दो topper मिलेगे तो काम और बेहतरीन होगा two best still the rest

(आकांक्षा अपने काम में विलीन हो जाती है और अजय भी खोया–खोया रहने लगता है। अक्सर अपने काम में उन्हे साथ बिताये पुराने दिन याद आते है।)

(आकांक्षा याद करती है)

अजय पता है dear तुम मेरी कहानी हो तुम मेरी

कल्पना हो, तुम्हे देखता हूँ तो लगता है अब तक चली आ रही कठिन जिंदगी भी आसान हो जाती है। ऐसा लगता है अब मंजिल बहुत करीब है।

आकांक्षा   अच्छा writer साहब ...... आज इतनी तारीफ क्यो .... कुछ लेना है क्या ..... क्या चाहिए

अजय   अगर देना ही है तो .... वो दे दो .... अच्छा बताओ हमारी औलाद बड़ी होकर क्या बनेगी?

आकांक्षा   इन्सान का लड़का हुआ तो boy लड़की हुई तो girl

अजय   Bad joke........ वो जो भी हो........ देखना बड़ी होकर बहुत बड़ी कलाकार बनेगी

आकांक्षा   बनेगी क्यों..... बनेगा क्यों नही

(फिर अचानक आकांक्षा जाग जाती है)

(आकांक्षा फोन उठाती है और अजय   को फोन करती है। अजय   दूसरी तरफ से फोन उठाता है आकांक्षा   आवाज सुनकर काट देती है।)

(उधर अजय अपने घर में लिख रहा होता है गीता बनाकर लाती है)

गीता   बाबू बन गया .... खा लिजिए

अजय — हाँ बस आ रहा हूँ ...... आकांक्षा आ गई क्या?

गीता — बाबू .... मैडम आयेगी क्या?

अजय — (फिर याद से जागता है) हाँ आयेगी ना .... ठीक है तुम जाओ मैं खा लूंगा। (अजय याद करता है)

आकांक्षा — बस दो मिनट लगेगा .... अभी कपड़े बदलकर आती हूँ .... just wait अभी बनाती हूँ।

अजय — Oh no कब बनेगा .... और कब खायेंगे।

आकांक्षा — तो मैं क्या करूँ ? Trafic jam के कारण देर हो जाती है कल से जल्दी आ जाउंगी।

अजय — नहीं वो मेहरबानी क्यों? आपके लिए तो काम पहले हम तो बस कागज के फुल की तरह हो गये।

आकांक्षा — हाय मेरा सोना। बहुत रूठता है। तुम कोई फुल नही हो मेरी साँस हो ...... सब कुछ छोड़ सकती हूँ मगर तुम्हे नही............

अजय — तो बस अब आराम से आप लेटे रहिए क्योकि कल से गीता बनाने आ रही है तुम्हारे लिए मैं साँसे हूँ तो मेरे लिए तुम्हारे अरमान धड़कन

है।

आकांक्षा Thankyou वैसा last वाले sentence समझ नही सकी writer के साथ जीना हो तो हमेशा Deep thinking रखना होगा हाँ हाँ

(अजय भी आकांक्षा को याद करता है और उसे फोन लगाता है। मगर फोन कट जाता है।)

(अजय, रंजीत, शैलेष, अहमद बहुत सार यार **coffee house** में बैठे होते है। रंजीत अपनी रिंग **cermany** करने आया हुआ है।)

अजय अरे यार अब ये coffee house तो coffee house नही रहा lover point बनकर रह गया।

शैलेष Lover point नही marriage point बन कर रह गया है।

अजय बनेगा क्यों नही............. यहाँ की coffee कठोर दिलों को पिघलाना जो जानती है।

शैलेष हाँ नही तो अंजलि जैसी रफ एंड टफ इसे पसंद कर ली।

अजय अबे उसी कम्पनी की जिन्स तो मैं भी पहनता हूँ।

शैलेष अबे .... attitude की बात कर रहा हूँ

कितना बार जब भी आया कर जिन्स पहनकर मत आया कर तू अपने भेजा को इतना कस देता है बेचारा काम करना बन्द कर देता है।

रंजीत मेरे दोस्त भैया...... ऊपर होता है भेजा सर पे।

शैलेष वही अजय के केस मे ये पीछे है इसलिए तो भेजा मरवाता भी रहता है।

(तभी वहाँ अंजलि, आकांक्षा और श्वेता अपनी सहेलियो के साथ आती है। आकांक्षा और अजय की नजरे मिलती है और फिर झुककर दोस्तो में रम जाती है।)

शैलेष अभी सोच लो......... साथ coffee पीना अलग है और साथ जीना अलग........ क्योकि वहाँ coffee बनाना पड़ता है।

अंजलि मुझे कोई फर्क नहीं पड़ता मुझे हराम की काफी पीने की आदत है.......... रंजीत से पूछ लो।

रंजीत अजी अब हम क्या कहे? .... हम तो बस आपके होठों से काफी पीना चाहते है।

अजय Sorry adult are not allowed अजय पर खराब असर पडेगा। सभी हूँसते हैं।

(आकांक्षा भी मुस्क‍राती फिर दोनो की नजर मिलती

है)

अजय चलो भाई जल्दी करो फिर तुम लोग green valey में पार्टी भी दोगे न लेट हो जायेगा।

आकांक्षा वाह। अजय दूसरी की शादी से ही काम चलाओगे .... अच्छा चलो जल्दी करो

अजय क्या भाभी आप भी ।

(अंजलि रंजीत को रिंग पहनाती है और फिर रंजीत उसे निकालकर अंजलि को पहनाता है)

आकांक्षा ये क्या रंजीत .... तुम्हारी रिंग कहाँ है।

रंजीत नही भाभी ये थोडा Ecomomic रिंग ceremony है। फिर अलग से निकालकर पहनाता है।

अजय अब चलो सभी green valey में धावा बोलते हैं। आज की शाम रंजीत के नाम।

(सभी जाने लगते है पर अजय और आकांक्षा वहीं रूक जाते है। अंत वक्त में रंजीत और अंजलि भी जाने लगते है।)

अंजलि आओ अजय, आकांक्षा तुम नही आओगी।

रंजीत (आंखो से इशारा करता है) अरे आयेगे न ..... हम तो चले नही तो अजय पूरे दिन का बिल

बना देगा।

आकांक्षा How are you कैसी चल रही है जिंदगी?

अजय Fine...... जिंदगी..... एक writer की जिंदगी हमेशा कहानी बनाते रहती है।

आकांक्षा कोई कमी नही लगती तुम्हे?

अजय कमी....... बहुत कमी है लेकिन अब तो खोने की आदत सी हो गई।

आकांक्षा कुछ चीजें तुम चाहो तो नही खो सकते हो।

अजय कौन चाहता है खोना?

आकांक्षा फिर जिस बात से शुरू हुई थी उसे ही खत्म कर दो। अपकी कहानी के end change कर लो ... खुद को बदलने की कोशिश करो ..... तुम्हारे भलाई के लिए कह रही हूँ।

अजय Thankyou .... आज भी तुम मेरे बारे में इतनी सोचती हो लेकिन I am soory मैं वो कहानी नही बदल सकता। हो सकता है कुछ पल और संघर्ष करूँ लेकिन कहानी बदलने से मेरा लेखक मर जायेगा।

आकांक्षा oh कुछ पाने के लिए कुछ खोना पड़ता है। अपना ख्याल रखना।

अजय   नही रख पाऊँगा .... आदत नही है bye।

काफी   ओह आज काफी फिर अधुरी रह गयी।
waiter

(रात का वक्त है अजय बिस्तर पर लेटा हुआ अपनी शादी की फोटो देखता है। अचानक फोन आता है आकांक्षा का नम्बर देखकर अजय खडा हो जाता है।)

अजय   Hello कुछ रह गया है।

आकांक्षा   हाँ ।

अजय   दिल कह रहा था.......तुम भी वही एहसास करोगी जो मैं कर रहा हूँ।

आकांक्षा   पता नही तुम क्या सोच रहे हो ? मगर मैने बहुत सोचकर फैसला किया है। हाँ अब तुम नही बदल सकते। मैं तुम और तुम्हारे लेखक के बीच नही आना चाहती। तो

अजय   कौन सा फैसला

आकांक्षा   मैं तुमसे आखिरी बार कुछ माँग रही हूँ।

अजय   तुमने जो भी माँगा .... मैने देने की कोशिश की है ..... आज भी ना नही करूंगा

आकांक्षा   मुझे तलाक चाहिए।

(आकांक्षा खोये हुए याद से वापस लौटती है ब्रेक लगता गाड़ी रूक जाती है)

ड्राइवर   मैडम घर आ गया

(अजय थोड़ा ढल चुका है अजय बिस्तर पर लेटकर सोच रहे ह। गीता के लिए आवाज लगाती है)

गीता   बाबू खाना लगा दिया है

अजय   गीता खाना समेटकर रख दो आज भूख नही है। क्या,

गीता   भूख नही .... भूख नही .... और खायेंगे भी। बस हाथ लगाते हैं। रोज आकर खाना फेकना पड़ता है। जरूरत क्या है खाने की ? हवा खा कर जीयो। याद कर दिल भर लो।

(अजय यादों में फिर खो जाता है)

रंजीत   अजय मैं ये क्या सून रहा हूँ तुम दोनो तलाक लेने वाले हो।

अजय   हाँ आकांक्षा ने माँगा है

रंजीत   क्या भाभी ने .... जरूर तेरी गलती होगी

अजय   हाँ मैं खुद को बदल नही सकता....... अचानक

उसे एहसास हुआ है कि उसके अरमान खत्म हो रहे......... मेरे 1 बी.एच.के. कमरे में creativity का दम घुटता है।

रंजीत नही दोस्त................ जरूर कोई उसे भड़का रहा है I am Sure इस दुनियाँ में बेगैरत लोगों की कमी नही है। होगा कोई........ और कोई क्यों है न वो ...... सावन .... bastard

अजय देख जिंदगी में हवा के झोके तो आते ही रहते है जब वृक्ष अपने जड़ से उखड़ जाये .... तो हम उसे तूफान कहते हैं।

रंजीत बहुत बढ़िया writer साहब..... वृक्ष तो बहुत कोमल होती है मिट्टी को चाहिए कि उसे पकड़ रखे। तू क्यों ढीला पड़ गया।

अजय मैं तो ये सोचता रहा कि अब अब वो वापस आ जायेगी लेकिन वो बहुत दूर होते चली गई इतनी दूर कि मैं चाह कर भी वापस बुला नहीं सकता।

(समुन्दर के किनारे कुर्सी पर सावन और आकांक्षा बैठे हुए है)

आकांक्षा मैं सोचती रही .... अब .... शायद अब अजय बुलायेगा .... मुझे जाने से रोक लेगा मगर .... ऐसा नही हुआ .... मैं उससे इतनी दूर हो गयी कि अब लौट नहीं सकती।

सावन देखो its ok चलता है कभी कभी सोच अलग होने से एक साथ रहना मुश्किल हो जाता है you know ok   पहला प्यार...... बस emotional attachment हो होता......... बाद में हमें professional जिंदगी जीना होता है।

आकांक्षा शायद तुम ठीक कह रहे हो।

सावन Hey tell me are you not happy with your work बहुत जल्द वो प्रोजेक्ट तुम्हारे हाथों में होगा you and you will be the lead designer तुम्हे अच्छा लगा न।

आकांक्षा हाँ .... बहुत अच्छा .... Thankyou

ट्रेन में सफर करते समय सावन के डब्बे में रंजीत और शैलष भी सफर कर रहे होते है। रंजीत देख लेता है और शैलेष को इशारा करता है।

रंजीत अबे कभी कुछ भडुओ का खुद का घर तो नही बसता है दूसरो का घर भी उजाड़ने की कोशिश करते है।

शैलेष O sorry I differ............... वे दरअसल sterile होते है ..... उनकी नपुंसकता दिखती है।

अजय तुम दोनो को शर्म आनी चाहिए गलत बात कहते हुए। दरअसल एक अंग्रेजो के जमाने

की कहानी सुनो।

रंजीत   अबे तू कब आया ?

शैलेष   सूनाइए सर .... please

अजय   देश की आजादी की लड़ाई बहुत महान और वीर लोग शहीद हो गये लेकिन सबसे ज्यादा फायदा किन्हे हुआ......... अंग्रेजो के दलाल को.. ... देश को गुलाम करने में उन्हे बहुत दौलत मिला और जब आजादी मिली तो खुद को भारतीय कहलवाने लगे....... वही दलाल ने फिर सोचा दौलत से रिश्तो को खरीदा जाए..... आबरू खरीदा जाये........ क्योकि character तो उनके पास भी नही..........

शैलेष   अच्छा तो उस दलाल के औलाद है ये नपुंसक (सावन की ओर देखकर सावन सिर झुका लेता है।)

अजय   हाँ बिल्कुल सही............ समझदार हो क्या खाते हो......... कहकर........ पान सावन पर थुकता है।

सावन   You idiot क्या कर रहे हो?

अजय   अजी थूक थूक पर लिखा है चेहरे का नाम....... काम ऐसा क्यो करते हो जो छीटे पड़े

सावन   What do you mean ....rubbish

(अजय   झट से एक चाटा लगा देता है शैलेष भी
          मारने के लिए उठता है, रंजीत भी खड़ा हो
          जाता है।)

(पुलिस चौकी का दृश्य, अजय जमानत देने आता है
तीनों बाहर निकलते है)

अजय   यार.............. तुमसे ऐसी उम्मीद नही थी..........
          क्यो किया?

शैलेष   कुछ गलत नही किया।

रंजीत   अफसोस है साला जिंदा बच गया दुबारा मिले
          तो ....

अजय   ऐसा लग रहा है कीमती कुर्बानियों का इन
          दलालो से बदला लें।

अजय   अजी मेरे वीर स्वतंत्र सैनानी कौन था वो........

रंजीत   सावन the bastard

अजय   नही दोस्त........... अच्छा नही किया तुमने.........
          ये समाधान नही है ऐसे दुबारा मत करना
          हमारे बीच दूरी तो बन ही गई है। अब मुझे
          अपने नजरों से मत गिराओ।

रंजीत   ठीक है यार......... sorry to hurt you

अजय अबे एक बात है अगर मुझे पहले पता होता कि तुम लोग मेरे लिए ये भी कर सकते हो तो किसी Producer को खर्चा पानी देने के लिए तुम्हे इस्तेमाल कर सकता था।

शैलेष अबे producer तो तेरी script सुनने के बाद खुद ही घायल हो जाता होगा .... उसे और पकाने की क्या जरूरत है।

अजय अबे शैलेष........... तेरे पास कुछ पैसे बचे है? बहुत भुख लगी है।

शैलेष नही है

अजय अबे मैं देखा था जमानत के पैसे देने के बाद... .... सौ रूपये थे तेरे पास।

(सावन Hospital के बेड पर लेटा हुआ है। उसके पास बैठा है विजया मलिक सावन की पुरानी दोस्त)

विजया दर्द होता है .... गर्म तवे पर हाथ रखोगे तो जलेगा आखिर गर्म भी तुम्ही ने किया है।

सावन दर्द...... कभी कभी कोई दर्द शुकुन देने के लिए भी होती है। मेरा नाम सावन है अगर एक बार जिसे मैं चाह लॅू उसे पाकर ही रहता हूँ और यकीन मानो खुदा को भी मेरी Attitude पसंद है इसलिए वो भी मेरा साथ

देता है।

विजया फिलहाल अपना हाथ संभालो यहाँ रखा है। खा लेना।

(आकांक्षा हाथ में गुलदस्ता लिये वहाँ आती है)

आकांक्षा I am sorry मेरे लिए तुम्हें ये सहना पड़ रहा है....... मैं सोच भी नही सकती रंजीत, शैलेष, अजय ऐसा कर सकते हैं।

सावन या फिर हो सकता है अजय का ये Preblonned हो.............. खैर कोई बात नही।

आकांक्षा नही .... अजय ऐसी हरकत नही कर सकता और अगर उसने ऐसा किया है तो मुझे अपने Decision पर फक्र होगा।

सावन वैसे छोड़ो .... आज भी तुम्हे याद है मुझे पीले गुलाब बहुत पंसद है।

आकांक्षा हाँ .... मगर गुलाब में कांटे नही हो।

सावन हाँ .... लेकिन मैं जानता हूँ गुलाब की किस्मत है कांटो पर खिलना पड़ता है।......... आज पता नही मुझे ऐसा लगता है एक लाल गुलाब होता तो शायद मै। तुम्हे दे देता .... वो जो मैं कालेज में चाहकर भी नहीं दे पाया। देखो इस किताब में अरमान की तरह सूख

गया है। लेकिन आज ऐसा लगता है ये फिर जीवित हो गई है।

आकांक्षा शायद मुझे अब चलना चाहिए। आज मैं अकेली होऊँगी project पर

सावन तुम मुझे miss करोगी।

आकांक्षा .... हाँ .... I Miss you

रंजीत और अंजलि की शादी है। सभी दोस्त आये है मगर आकांक्षा नहीं रहती है।

श्वेता क्या बात है आकांक्षा नही आई?

रंजीत हाँ भाभी नहीं आई

अंजलि चुप रहो..... ऐसा ऐसा काम करते हो वो तुमसे बहुत नाराज है। वैसे तो दिल्ली गई हुई है। आयेगी तो मिलेगी।

शैलेष दिल्ली क्यों?

अंजलि वो प्रोजेक्ट के सिलसिले में सावन के साथ गई है।

अजय भगवान करे Flight आते वक्त crash कर जाये।

रंजीत जब भी सोचेगा illogical ही सोचेगा। अब

उसमें आकांक्षा भी तो होगी।

अजय तो क्या हुआ भाभी को अपने अजय भाई बचा लेगे। superman बनकर

शैलेष Sorry अजय superman नही बन सकता क्योकि ये चड्डी अन्दर पहनता है।

अंजलि Cheap joke

श्वेता Bye the way अजय कहाँ है?

रंजीत वहाँ ..... चाँद तारो को अपनी कहानी से बोर करता हुआ।

(श्वेता अजय के पास आती है)

श्वेता हाय .... writer साहब ...... may I disturb you

अजय ये तो तुम्हारा हक है how are you

श्वेता Fine मैने सब कुछ सुना लेकिन अजय, रंजीत ने अच्छा नही किया

अजय I know but they love me .

श्वेता हाँ ..... देखो न एक दिन मैं उससे मिली थी।

अजय तो वो खुश होगी।

श्वेता	नही वो आज भी तुम्हे Miss करती है........ मुझे लगता अब भी शायद कुछ हो सकता है तुम्हे उससे बात करनी चाहिए शायद वो भी यही चाह रही हो।

(शैलेष अजय को खींच कर ले जाते है और शराब पिलाते है। अजय आकांक्षा के याद में एक गाना गाता है।)

(अजय दूसरे दिन सुबह सुबह उठकर बड़ं जोश के साथ तैयार होता है। वो गुलाबी शर्ट पहनता है और आकांक्षा की बातों को याद करता है।)

Back voice	आकांक्षा जब भी मैं रूठ जाऊंगी और तुमसे बात नही करूगी ये शर्ट पहनकर आना मैं तुम्हारे पास खींची चली आऊंगी हाँ एक कैडबरी चाकलेट भी लाना .....

(काफी हाउस में श्वेता और आकांक्षा बैठी हुई है)

श्वेता	पता है अंजलि की शादी में बहुत मजा आया.. .... you missed that
आकांक्षा	Really मैं आना चाहती थी लेकिन अचानक दिल्ली जाना पड़ा
श्वेता	चल एक एक काफी और हो जाये

आकांक्षा नही बहुत देर हो गई। मुझे चलना चाहिए

श्वेता रूक जा रूक जा थोड़ी देर और। अच्छा ये बता क्या shopping की ?

आकांक्षा नही time ही नही मिला

श्वेता (घडी देखकर बाहर देखते हुए) अच्छा कुतूबमीनार कितना बड़ा हो गया बहुत छोटा था ना ?

आकांक्षा What

श्वेता नही मतलब तेरे cousin brother की बात कर रही हूँ

आकांक्षा हाँ वो अब कालेज जाने लगा है।

तभी अचानक अजय वहाँ पहुँचता है

श्वेता Hi अजय कितनी देर करते हो लो तुम दोनो बातें करो मैं चलती हूँ।

आकांक्षा मुझे लेट हो रहा है जाना होगा

अजय Please क्या तुम थोड़ी देर रूक सकती हो। मुझे तुमसे बात करनी है।

आकांक्षा अब बाते करने को रहा क्या है ? ठीक है जो कहना है जल्दी कहिये।

अजय रंजीत, अजय, शैलेष ने उस दिन जो भी किया उसके लिये मैं माफी मांगता हूँ लेकिन मैं जानता हूँ तुम्हे पता होगा कि मैं कभी ये नही चाहता था।

आकांक्षा मुझे पता नही तुम क्या चाहते हो, क्या नही ?

अजय हाँ .... दरअसल चाहता तो मैं ये भी नही था कि हम दोनो अलग हो पायें। (तभी वहाँ सावन पहुँच ता है।)

सावन ओह आकांक्षा ...... मैं कबसे तुम्हारा इंतजार कर रहा हूँ........ जल्दी चलो तुम्हारे लिए Marriage ring खरीदनी है। ओ हाय अजय... अगले Sunday हमारी ring ceremony है । तुम्हें बताया नही।

अजय (बिल्कुल स्तब्ध हो जाता है) Oh congratulation

काफी waiter ओह फिर coffee अधूरी रह गयी आप half क्यो नही मॅगाते हो।

अबे उनकी मर्जी आधी रखे चाहे खाली करे तेरे बाप का क्या जाता है।

(अजय बिस्तर पर सोया हुआ पुरानी बातों को याद कर रहा था। अचानक हवा के झौंके से खिडकी बंद

हो जाती है। अजय यादों से जागता है और खिड़की खोलने उठता है।

दूसरी तरफ आकांक्षा की खिडकी भी तुफान से बन्द होने लगती है वो खोलती है और यादो में खो जाती है

उस दिन भी ऐसे ही आकांक्षा खिडकी के पास खडी होकर बाहर झांक रही होती है। सावन पीछे से आता है।)

सावन   Hi are you oh? क्या सोच रही हो ?

आकांक्षा   यही कि आज हमारी ring cermany की बात सूनकर भी अजय एतराज नही किया।

सावन   हाँ .... क्योकि उसे कोई फर्क नही पडता..... वो एक खुदगर्ज आदमी है और एक मैं हूँ जो तुम्हे पाने की ख्वाइश कालेज के समय से रखा हुआ था। आज जाकर तुमसे कह पाया हूँ। हकीकत तो ये है कि मैंने India में आने का फैसला भी तुम्हारे लिए किया .....

आकांक्षा   क्या ....

सावन   हाँ...... मुझे Acting नही आती लेकिन जब सुना तुम्हारी शादी हो गई तो acting करना पड़ा। अनजान बनकर रहा..... अपने दिल के ख्वाइशों को छुपा कर मिला करता था तुमसे....

लेकिन आज इस दिल को नई धड़कने मिल गई। (आकांक्षा के हाथों को चुम लेता है।)

आकांक्षा पता नही....... शायद मैं भी अब तुम्हे पंसद करती हूँ।

(आकांक्षा सावन के साथ घूमती है। बहुत बाते करती है। दोनो एक साथ रहते है। सडक पर घूमते घूमते आकांक्षा सावन से कहती है।)

आकांक्षा सावन चलो वहाँ समन्दर के किनारे बैठते है और लहरों को देखते हैं।

सावन Come on आकांक्षा ...... उन लहरो में क्या.....न जाने कितनी बार आती है टकरा कर लौट जायेगी। मजा नही आयेगा....... चलो pub चलते हैं।

आकांक्षा ok चलो.... (अन्दर से वो अजय और खुद को समन्दर के पास देखती है।)

(लौटते समय बारिश होने लगती है। वही एक गरीब बच्चा ठण्ड से कांप रहा होता है। आकांक्षा को याद आता है कैसे अजय अपना कोट उतार कर वैसे बच्चे को दे दिया करता था।)

आकांक्षा सावन देखो....... उसे ठण्ड लग रही है। बेचारा

सावन हाँ...... क्या करोगी....... माँ बाप पैदा करके

छोड़ देते हैं .... इनके माँ बाप को तो जेल हो जानी चाहिए .... चलो बारिश छुट गयी।

(आकांक्षा को अजय का दया भावना फिर याद आता है और उसकी आँखे नम हो जाती है।)

(रात में बारिश के कारण आकांक्षा की तबीयत खराब हो जाती है। तेज बुखार आता है और सिर दर्द करने लगता है।)

आकांक्षा   सावन मेरा सिर बहुत दर्द कर रहा है।

सावन   ये लो ये दवाईयाँ खा लो कहो तो डॉक्टर बुला दूँ।

आकांक्षा   नही अभी जरूरत नही ....

सावन   ठीक है.... मैं project लिख रहा कुछ तकलीफ हो तो कहना ।

(आकांक्षा   पुरानी बात याद करती है कि जब ऐसे ही एक बार उसकी तबीयत खराब हुई तो पूरा रात अजय   सिराहने बैठा हुआ था)

आकांक्षा   ये क्या.......... पागल हो पूरी रात तुम यहाँ बैठे रह गये .....

अजय   हाँ..... तो क्या हुआ..... और वैसे भी सारी रात जागने वाले को पागल नही उल्लू कहते हैं।

आकांक्षा   तुम्हे script खत्म करना था और सारी रात सिर दबाते रह गये।

अजय   Script लिख लिया ..... रात भर तुम्हारी चेहरे को देख देख कहानी बन गया। ...... बहुत खुबसूरत कहानी ।

(उस लम्हे को याद कर फिर आकांक्षा के आँखों में आंस आ जाते हैं। थोडी देर में वो सो जाती है ।)

(आकांक्षा   मॉल में शापिंग कर रही होती है वही उसे रंजीत और अंजलि मिल जाते हैं।)

अंजलि   हाय आकांक्षा......... कैसी हो

आकांक्षा   अच्छी हूँ............... हाय रंजीत

रंजीत   हाँ हाय

आकांक्षा   रंजीत नाराज हो क्या? पहले की तरह नही मिलते।

रंजीत   तुम भी तो वो नही रही सच बताऊं मैं तुम्हे बहुत बुद्धिमान समझता था........ लेकिन तुम्हे आदमी पहचानना नही आता है।

अंजलि   Leave ranjit....... उसकी अपनी personal life

है हमे कोई coment नहीं देनी चाहिए।

तभी रंजीत का फोन आता है

रंजीत   (फोन पर) क्या....... कब...... अच्छा ठीक है अजय को महात्मा गांधी Hospital ले जाओ मैं आता हूँ........ (अंजलि से) जल्दी चलो अंजलि फिर अजय ने शराब पीकर खुद जख्मी कर लिया जल्दी चलो।

अंजलि   ok आकांक्षा .... फिर मिलेगे।

(आकांक्षा   खामोश हो जाती है और अन्दर अन्दर दुखित होने लगती है। उसे एहसास हो जाता है कि अजय से उसका अलग होना बुरा असर डाल रहा है ।)

(पार्टी हो रही है। सावन के तमाम दोस्त उसके Ring ceremony का इंतजार कर रहे है। आकांक्षा भी अपने ऑफिस के दोस्तों से गुमसुम बाते कर रही है फिर दोनो एक द,सरे के पास आते है। सभी उन्हे घेर लेते है। ताली बजता है। जैसे आकांक्षा सावन को रिंग पहनाने जाती है उसे अजय का मायूस चेहरा याद आता है वो हाथ पीछे कर लेती और कहती है)

आकांक्षा   Sorry मै तुम्हे रिंग नहीं पहना सकती .... क्योकि मैं तुम्हें प्यार नही कर सकती .... मैं अब भी अजय से प्यार करती हूँ।

सावन   क्या बात कर रही हो .... पागल हो गयी हो
...... don't insult me

आकांक्षा   I am sorry सावन .... **But** शायद मेरा
सबसे कीमती अरमान अजय है।

सावन   You .... stupid तुम्हारे लिए मैने दिन रात
तुम्हारे **project** पर काम किया और ये सिला
दिया।

आकांक्षा   (जाकर **project** के कागज लाकर फाड़ देती
है) now we have no deal

(आकांक्षा दौडकर अजय के घर जाती है पर वहाँ
अजय के घर पर ताला लगा होता है। अजय   का
पडोसी बाहर आकर आकांक्षा से कहता है।)

पडोसी   अजय तो हमेशा हमेशा के लिए दिल्ली चला
गया उसका मामा उसका शादी मनाने वास्ते
ले गया..... अच्छा किया यहाँ दिन भर पीता
रहता था।

(अचानक फिर खिडकी बंद हो जाती है और
आकांक्षा यादों के भंवर से वापस लौटती है।
खिडकी बंद कर देती है।)

आकांक्षा   Sorry मै लेट हो गयी

अजय   कोई बात............... मिलना important है।

लेट होना वक्त की बात है।

आकांक्षा — ये जगह बहुत बदल गई है

अजय — हाँ.......... मगर मकसद इसकी वही है।

आकांक्षा — कैसी कट रही जिंदगी....... अब तो तुम्हारे कहानियों को आवाज मिल गई है।

(तभी **waiter** काफी लाता है और उन्हे देखकर मुस्कराता। दोनो भी मुस्कराते है)

अजय — हाँ........ बहुत **Engaged** रहता हूँ। अकेला रहता फिर भी खुद को वक्त नही दे पाता।

आकांक्षा — क्यों तुम्हारा परिवार तुम्हारे साथ नही रहतें।

अजय — परिवार.......... वो तो बहुत पहले ही टूट चुक.. ... उसके बाद सिर्फ मैं हूँ ..... कोरा कागज है और यादों की कलम रह गये हैं।

आकांक्षा — तुमने दुबारा शादी नही की ?

अजय — कर नही पाया। यादें दिल पर इतनी गहरी परत बनाये हुई थी कि कोई दिल तक पहुँच नही पाया। खैर तुमने अच्छा किया....... मंजिल तक पहुँच ने के लिए सही साथी ढूंढा।

आकांक्षा — हाँ .... सही साथी ढूंढा मैने .... मगर

जब उसे वापस पाने उसके घर तक गई तो पता चला वो बहुत दूर चला गया था.............. (अजय हैरानी से देखता है) हाँ तुम बहुत दूर चले गये थे।

अजय सावन से तुम्हारी शादी नहीं हुई ?

आकांक्षा दिये को बाती की जरूरत होती है रोशनी बिखेरने के लिए........ मिट्टी से दिया नही जलता।

अजय अच्छा खेल किया कुदरत ने ......

आकांक्षा कुदरत ने नही......... अरमान ने, fake Society की fake ambition ने .... खैर अब क्या?.... न चाहते हुए भी बहुत दूर हो गये हम।

(अचानक बिजली चली जाती है और फिर तुरंत वापस आती है क्योंकि मुझे यकीन था अंत ऐसा होगा दोनो एक द,सरे का हाथ पकडकर चले जाते है। दोनों साथ हो जाते हैं।)

Waiter ओह आज फिर coffee अधुरा रह गया।

Manager ठीक से देख........ coffee आधा भरा हुआ है .... ऐड़ा कही का।

Summary

1. फिल्म फेस्टीवल में आकांक्षा और अजय आये हुए हैं। भीड में मुलाकात के दौरान अजय की नजर आकांक्षा से मिलती है। दोनो आपस में बाते करते हैं और बातो के दौरान आकांक्षा कहती है कि वो हमेशा के लिए विदेश जा रही है। अजय उसे आखिरी बार Coffee House में काफी पर बुलाता है।

2. आकांक्षा कार में बैठकर घर की ओर जाने लगती है और उसे बीते हुए पल याद आने लगते हैं। दोनो अपने दोस्तों के साथ Coffee House में आया करते हैं। अजय हमेशा उससे बात करना चाहता पर वो अवहेलना करती। फिर कभी अजय के हरकतों से प्रभावित होने लगती। दोनो के बीच प्यार हो जाता है। और दोनो शादी कर लेते हैं।

3. दोनो के जीने के तरीके अलग—अलग होते हैं इसलिए कभी—कभी विपरीत हो जाते हैं। अपने — अपने पेरो में थोड़ी बहुत असफलता का आरोप एक दूसरे को देने लगते हैं। दोनो के बीच अलगाव होने लगते हैं फिर भी आकांक्षा अजय एक दूसरे को बहुत प्यार करते हैं। इस बीच सावन आकांक्षा का पुराना दोस्त मिलता है वो आकांक्षा के बहुत करीब आ जाता है।

4. फिर भी आकांक्षा अजय के घर वापस आना चाहती है। इसी सिलसिले में वो अजय को Coffee House में मिलती है। आकांक्षा को बहुत जल्द एहसास हो जाता है कि आज भी अजय

खुद में अडिग है वो खुद को नही बदल सकता है। यहाँ तक के आकांक्षा से अलगाव उसे ज्यादा प्रभावित नही कर पाती ऐसा उसे महसूस होता है। बस वो तलाक का प्रस्ताव देती है। अजय हामी भर देता है। काफी आधी खाली रह जाती है। (गाड़ी का ब्रेक लगता है और आकांक्षा घर पहुँच ती है)

5. अजय घर जाकर डायरी के पन्ने खोलता है और याद करता। अजय खुद को बहुत समझाता कि वो आकांक्षा के लायक नही और उसे उसके बिना जीना सीखना होगा। मगर उसे ऐसा लगता है जैसे आकांक्षा के आँखों में अभी भी उसके प्रति मोहब्बत दिखाई देता है। फिर एक रोज अजय **Coffee House** में बैठा रहता है। और आकांक्षा से मिलता है। इसके पहले कि वो कुछ कहता सावन वहाँ आता है और अपने और आकांक्षा की सगाई की बात कहता है। **Coffee** फिर अधुरी रह जाती है। तुफान से खिड़की बन्द होने लगती है अजय उठकर दरवाजा बन्द करता है।

6. आकांक्षा ठीक से खाना नही खा पाती और पुरानी बातें अभी भी उसके दिमाग में चलती है। वो सोने जाती है और तूफानी रात में फिर यादों में खो जाती है। सावन उसकी तरह जीवनयापन करने वाला साथी है मगर आकांक्षा अजय के विरोध और अलग व्यवहार की कमी महसूस करती है। सावन में व्यवहारिकता है मगर अजय

में गहराई है। आकांक्षा अजय से मिलना चाहती है।

7. सावन आकांक्षा को खोना नही चाहता है। इसलिए वो अजय को उसके नजरों में गिराने लगता। सावन गलत आरोप में अजय को बदनाम करता है। ये बात आकांक्षा को पता चल जाता है। आकांक्षा सावन से रिश्ता तोड़ लेती है। और अजय से मिलने जाती है। आकांक्षा तब Coffee House में जाती है तो अजय उससे मिलता है। अचानक अजय का फोन आता है और अजय कहता है कि उसकी शादी की बात चल रही है। आकांक्षा चली जाती है और काफी अधुरी रह जाती है।

8. सुबह होती है और फिर शाम होती है। दोनो लगभग 5 साल बाद Coffee House में मिलते हैं। पहले पुरानी बाते दोहराते हैं। फिर अपनी कामयाबी दिखाते हैं और खुद को खुदा साबित करते हैं। फिर एक दूसरे पर आरोप लगाते हैं और टूट जाते हैं। एक दूसरे के लिए तड़प बाहर आने लगती है वक्त बीतता है मगर पुरी तरह इकरार नही करते। हाल के बन्द होन का वक्त होता है। दोनो झूठ कहते हैं कि वे काफी के खत्म होने का इन्तजार कर रहे थे। अचानक लाइट चली जाती है। वो एक दूसरे के लिए तड़प का इकरार कर बैठते हैं। लाइट आती है दोनो एक दूसरे का हाथ पकड़ जाने लगते हैं बैरा कहता काफी आधी रह गई फिर। वे पलटते

है और कहते है नही ये आधी अब भी भरी हुई है।

अब में आपसे तीन प्रश्न पूछता हूँ

1. मोहब्बत बड़ी होती है या आपके अरमान ?

2. इस कहानी में किसकी गलती थी ?

3. शिकवे में गुजारा हुआ वक्त क्या वापस आ सकता है?

जो गलती उन्होंने की वो आप ना करें तो मेरे इस कहानी का लक्ष्य पूर्ण होता है।

धन्यवाद